Die Huldigung der Künste

Friedrich Schiller

Ein lyrisches Spiel

Ihrer Kaiserl.
Hoheit
der Frau
Erbprinzessin
von Weimar
Maria
Paulowna
Großfürstin
von Rußland
in Ehrfurcht
gewidmet und
vorgestellt auf
dem
Hoftheater zu
Weimar am
12. November
1804.

Personen.

Vater.
Mutter.
Jüngling.
Mädchen.
Chor von Landleuten.
Genius.
Die sieben Künste.

*Die Scene ist eine freie ländliche Gegend; in der Mitte ein Orangenbaum, mit Früchten beladen und mit Bändern geschmückt.***Landleute** *sind eben beschäftigt, ihn in die Erde zu pflanzen, indem die* **Mädchen** *und* **Kinder** *ihn zu beiden Seiten an Blumenketten halten.*

Vater. Wachse, wachse, blühender Baum
    Mit der goldnen Früchtekrone,
    Den wir aus der fremden Zone,
    Pflanzen in dem heimischen Raum!
    Fülle süßer Früchte beuge
    Deine immer grünen Zweige!

Alle Landleute. Wachse, wachse, blühender Baum
    Strebend in den Himmelraum!

Jüngling. Mit der duft'gen Blüthe paare
    Prangend sich die goldne Frucht!
    Stehe in dem Sturm der Jahre,
    Daure in der Zeiten Flucht!

Alle. Stehe in dem Sturm der Jahre,
    Daure in der Zeiten Flucht!

Mutter. Nimm ihn auf, o heil'ge Erde,
    Nimm den zarten Fremdlich ein!
    Führer der gefleckten Heerde,
    Hoher Flurgott, pflege sein!

Mädchen. Pflegt ihn, zärtliche Dryaden!
    Schütz' ihn, schütz' ihn, Vater Pan!
    Und ihr freien Oreaden,
    Daß ihm keine Wetter schaden,
    Fesselt alle Stürme an!

Alle. Pflegt ihn, zärtliche Dryaden!
    Schütz' ihn, schütz' ihn, Vater Pan!

Jüngling. Lächle dir der warme Aether
    Ewig klar und ewig blau!
    Sonne, gib ihm deine Strahlen,
    Erde, gib ihm deinen Thau!

Alle. Sonne, gib ihm deine Strahlen,
    Erde, gib ihm deinen Thau!

Vater. Freude, Freude, neues Leben
    Mögst du jedem Wandrer geben;
    Denn die Freude pflanzte dich.
    Mögen deine Nektargaben

Noch den spätsten Enkel laben,
Und erquicket segn' er dich!

Alle. Freude, Freude, neues Leben
Mögst du jedem Wandrer geben;
Denn die Freude pflanzte dich.

Sie tanzen in einem bunten Reihen um den Baum. Die Musik des Orchesters begleitet sie und geht allmählig in einen edlern Styl über, während daß man im Hintergrund den **Genius** *mit den* **sieben Göttinnen** *herabsteigen sieht. Die Landleute ziehen sich nach beiden Seiten der Bühne, indem der Genius in die Mitte tritt und die drei bildenden Künste sich zu seiner Rechten, die vier redenden und musikalischen sich zu seiner Linken stellen.*

Chor der Künste. Wir kommen von fernher,
Wir wandern und schreiten
Von Völkern zu Völkern,
Von Zeiten zu Zeiten;
Wir suchen auf Erden ein bleibendes Haus.
Um ewig zu wohnen
Auf ruhigen Thronen,
In schaffender Stille,
In wirkender Fülle,
Wir wandern und suchen und finden's nicht aus.

Jüngling. Sieh, wer sind sie, die hier nahen,
Eine göttergleiche Schaar!
Bilder, wie wir nie sie sahen;
Es ergreift mich wunderbar.

Genius. Wo die Waffen erklirren
Mit eisernem Klang,
Wo der Haß und der Wahn die Herzen verwirren,
Wo die Menschen wandeln im ewigen Irren
Da wenden wir flüchtig den eilenden Gang.

Chor der Künste. Wir hassen die Falschen,
  Die Götterverächter;
  Wir suchen der Menschen
  Aufricht'ge Geschlechter;
  Wo kindliche Sitten
  Uns freundlich empfahn,
  Da bauen wir Hütten
  Und siedeln uns an!

Mädchen. Wie wird mir auf einmal!
  Wie ist mir geschehn!
  Es zieht mich zu ihnen mit dunkeln Gewalten;
  Es sind mir bekannte, geliebte Gestalten,
  Und weiß doch, ich habe sie niemals gesehn.

Alle Landleute. Wie wird mir auf einmal!
  Wie ist mir geschehn!

Genius. Aber, still! da seh' ich Menschen,
  Und sie scheinen hoch beglückt;
  Reich mit Bändern und mit Kränzen,
  Festlich ist der Baum geschmückt.
  – Sind dies nicht der Freude Spuren?
  Redet! Was begibt sich hier?

Vater. Hirten sind wir dieser Fluren,
  Und ein Fest begehen wir.

Genius. Welches Fest? O lasset hören!

Mutter. Unsrer *Königin* zu Ehren,
  Der erhabnen, gütigen,
  Die in unser stilles Thal
  Niederstieg, uns zu beglücken,
  Aus dem hohen Kaisersaal.

Jüngling. Sie, die alle Reize schmücken,
  Gütig, wie der Sonne Strahl.

Genius. Warum pflanzt ihr diesen Baum?

Jüngling. Ach, sie kommt aus fernem Land,
  Und ihr Herz blickt in die Ferne!

Fesseln möchten wir sie gerne
An das neue Vaterland.

Genius. Darum grabt ihr diesen Baum
Mit den Wurzeln in die Erde,
Daß die Hohe heimisch werde
In dem neuen Vaterland?

Mädchen. Ach, so viele zarte Bande
Ziehen sie zum Jugendlande!
Alles, was sie dort verließ,
Ihrer Kindheit Paradies
Und den heil'gen Schooß der Mutter
Und das große Herz der Brüder
Und der Schwestern zarte Brust –
Können *wir* es ihr ersetzen?
Ist ein Preis in der Natur
Solchen Freuden, solchen Schätzen?

Genius: Liebe greift auch in die Ferne,
Liebe fesselt ja kein Ort.
Wie die Flamme nicht verarmet,
Zündet sich an ihrem Feuer
Eine andre wachsend fort –
Was sie Theures dort besessen,
Unverloren bleibt es ihr;
Hat sie Liebe dort verlassen,
Findet sie die Liebe hier.

Mutter. Ach, sie tritt aus Marmorhallen,
Aus dem goldnen Saal der Pracht.
Wir die Hohe sich gefallen
Hier, wo über freien Auen
Nur die goldne Sonne lacht?

Genius. Hirten, euch ist nicht gegeben,
In ein schönes Herz zu schauen!
Wissen ein erhabner Sinn
Legt das Große in das Leben,
Und er *sucht* es nicht darin.

Jüngling. O schöne Fremdlinge! lehrt uns sie binden,
O lehrt uns, ihr wohlgefällig sein!
Gern wollten wir ihr duft'ge Kränze winden
Und führten sie in unsre Hütten ein!

Genius. Ein schönes Herz hat bald sich heim gefunden,
Es schafft sich selbst, still wirkend, seine Welt.
Und wie der Baum sich in die Erde schlingt
Mit seiner Wurzeln Kraft und fest sich kettet,
So rankt das Edle sich, das Treffliche,
Mit seinen Thaten an das Leben an.
Schnell knüpfen sich der Liebe zarte Bande,
Wo man beglückt, ist man im Vaterlande.

Alle Landleute. O schöner Fremdling! sag, wie wir sie binden,
Die Herrliche, in unsern stillen Gründen?

Genius. Es ist gefunden schon, das zarte Band,
Nicht Alles ist ihr fremd in diesem Land;
Mich wird sie wohl und mein Gefolge kennen,
Wenn wir uns ihr verkündigen und nennen.

(Hier tritt der Genius bis ans Proszenium, die sieben Göttinnen thun das Gleiche, so daß sie ganz vorn einen Halbkreis bilden. In dem Augenblick, wo sie vortreten, enthüllen sie ihre Attribute, die sie bis jetzt unter den Gewändern verborgen gehalten.)

Genius *(gegen die Fürstin).*
Ich bin der schaffende Genius des Schönen,
Und die mir folget, ist der Künste Schaar.
Wir sind's, die alle Menschenwerke krönen,
Wir schmücken den Palast und den Altar.
Längst wohnten wir bei *deinem* Kaiserstamme,
Und *sie*, die Herrliche, die *dich* gebar,
Sie nährt uns selbst die heil'ge Opferflamme
Mit reiner Hand auf ihrem Hausaltar.
Wir sind *dir* nachgefolgt, von *ihr* gesendet;
Denn alles Glück wird nur durch uns vollendet.

Architektur *(mit einer Mauerkrone auf dem Haupt, ein goldnes Schiff in der Rechten).*
Mich sahst du thronen an der Newa Strom!
Dein großer Ahnherr rief mich nach dem Norden,
Und dort erbaut' ich ihm ein zweites Rom;
Durch mich ist es ein Kaisersitz geworden.
Ein Paradies der Herrlichkeit und Größe
Stieg unter meiner Zauberruthe Schlag.
Jetzt rauscht des Lebens lustiges Getöse,
Wo vormals nur ein düstrer Nebel lag;
Die stolze Flottenrüstung seiner Maste
Erschreckt den alten Belt in seinem Meerpalaste.

Sculptur *(mit einer Victoria in der Hand).*
Auch *mich* hast du mit Staunen oft gesehen,
Die ernste Bildnerin der alten Götterwelt.
Auf einen Felsen – er wird ewig stehen –
Hab' ich sein großes Heldenbild gestellt;
Und dieses Siegesbild, das ich erschaffen, *(die Victoria zeigend)*
Dein hoher Bruder schwingt's in mächt'ger Hand;
Es fliegt einher vor *Alexanders* Waffen,
Er hat's auf ewig an sein Heer gebannt.
Ich kann aus Thon nur Lebenloses bilden,
Er schafft sich ein gesittet Volk aus Wilden.

Malerei. Auch mich, Erhabne! wirst du nicht verkennen,
Die heitre Schöpferin der täuschenden Gestalt.
Von Leben blitzt es, und die Farben brennen
Auf meinem Tuch mit glühender Gewalt.
Die Sinne weiß ich lieblich zu betrügen,
Ja, durch die Augen täusch' ich selbst das Herz;
Mit des Geliebten nachgeahmten Zügen
Versüß' ich oft der Sehnsucht bittern Schmerz.
Die sich getrennt nach Norden und nach Süden,
Sie haben *mich* – und sind nicht ganz geschieden.

Poesie. Mich hält kein Band, mich fesselt keine Schranke,
Frei schwing' ich mich durch alle Räume fort.
Mein unermeßlich Reich ist der Gedanke,

Und mein geflügelt Werkzeug ist das Wort.
Was sich bewegt im Himmel und auf Erden,
Was die Natur tief im Verborgnen schafft,
Muß *mir* entschleiert und entsiegelt werden,
Denn nichts beschränkt die freie Dichterkraft;
Doch Schönres find' ich nichts, wie lang ich wähle,
Als in der schönen Form – die schöne Seele.

Musik *(mit der Leier).*
Der Töne Macht, die aus den Saiten quillet,
Du kennst sie wohl, du übst sie mächtig aus.
Was ahnungsvoll den tiefen Busen füllet,
Es spricht sich nur in meinen Tönen aus;
Ein holder Zauber spielt um deine Sinnen,
Ergieß' ich meinen Strom von Harmonien,
In süßer Wehmuth will das Herz zerrinnen,
Und von den Lippen will die Seele fliehn,
Und setz' ich meine Leiter an von Tönen,
Ich trage dich hinauf zum höchsten Schönen.

Tanz *(mit der Cymbale).*
Das hohe Göttliche, es ruht in ernster Stille,
Mit stillem Geist will es empfunden sein.
Das Leben regt sich gern in üpp'ger Fülle;
Die Jugend will sich äußern, will sich freun.
Die Freude führ' ich an der Schönheit Zügel,
Die gern die zarten Grenzen übertritt;
Dem schweren Körper geb' ich Zephyrs Flügel,
Das Gleichmaß leg' ich in des Tanzes Schritt.
Was sich bewegt, lenk' ich mit meinem Stabe,
Die Grazie ist meine schöne Gabe.

Schauspielkunst *(mit einer Doppelmaske).*
Ein Janusbild lass' ich vor dir erscheinen,
Die Freude zeigt es hier und hier den Schmerz.
Die Menschheit wechselt zwischen Lust und Weinen,
Und mit dem Ernste gattet sich der Scherz.
Mit allen seinen Tiefen, seinen Höhen
Roll' ich das Leben ab vor deinem Blick.
Wenn du das große Spiel der Welt gesehen,

So kehrst du reicher in dich selbst zurück;
Denn, wer den Sinn aufs Ganze hält gerichtet,
Dem ist der Streit in seiner Brust geschlichtet.

Genius. Und Alle, die wir hier vor dir erschienen,
Der hohen Künste heil'ger Götterkreis,
Sind wir bereit, o Fürstin, dir zu dienen.
Gebiete du, und schnell, auf dein Geheiß,
Wie Thebens Mauer beider Leier Tönen,
Belebt sich der empfindungslose Stein,
Entfaltet sich dir eine Welt des Schönen.

Architektur. Die Säule soll sich an die Säule reihn.

Sculptur. Der Marmor schmelzen unter Hammers
Schlägen.

Malerei. Das Leben frisch sich auf der Leinwand regen.

Musik. Der Strom der Harmonieen dir erklingen.

Tanz. Der leichte Tanz den muntern Reigen schlingen.

Schauspielkunst. Die Welt sich dir auf dieser Bühne
spiegeln.

Poesie. Die Phantasie auf ihren mächt'gen Flügeln
Dich zaubern in das himmlische Gefild!

Malerei. Und wie der *Iris* schönes Farbenbild
Sich glänzend aufbaut aus der Sonne Strahlen,
So wollen wir mit schön vereintem Streben,
Der hohen Schönheit sieben heil'ge Zahlen,
Dir, Herrliche, den Lebensteppich weben!

Alle Künste *(sich umfassend).*
Denn aus der Kräfte schön vereintem Streben
Erhebt sich, wirkend, erst das wahre Leben.